AF346329

VENTE DU MERCREDI 25 NOVEMBRE 1885

à 2 heures

HOTEL DROUOT, SALLE N° 5

CURIOSITÉS

Objets de vitrine, Bijoux, Miniatures

Faïences et Porcelaines anciennes, Bronzes, Armes

Sculptures, Objets divers

Tapisseries

EN PARTIE ARRIVANT DE PROVINCE

EXPOSITION PUBLIQUE

Le Mardi 24 Novembre 1885, de 1 heure à 5 heures.

Mᵉ Paul CHEVALLIER

COMMISSAIRE-PRISEUR

10, rue de la Grange-Batelière, 10

M. Ch. MANNHEIM

EXPERT

7, rue Saint-Georges, 7

CONDITIONS DE LA VENTE

Elle sera faite au comptant.

Les adjudicataires payeront *cinq pour cent* en sus des enchères.

L'exposition mettant le public à même de se rendre compte de l'état des objets, aucune réclamation ne sera admise une fois l'adjudication prononcée.

Paris. — Imprimerie de l'Art. E. Ménard et J Augry
41, rue de la Victoire.

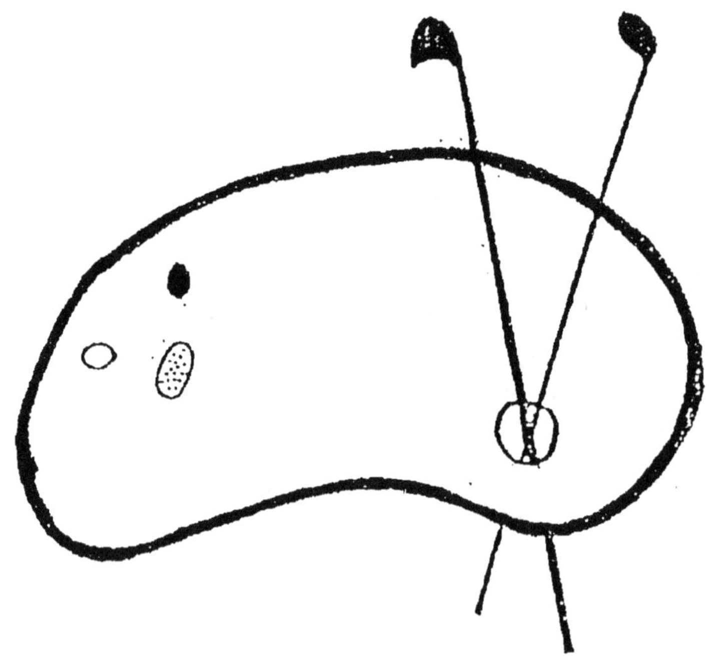

FIN D'UNE SERIE DE DOCUMENTS
EN COULEUR

DÉSIGNATION DES OBJETS

OBJETS DE VITRINE

1 — Bracelet serpent en or émaillé bleu, enrichi de roses et de demi-perles.

2 — Montre de dame, en argent doré.

3 — Tabatière rectangulaire en or ciselé.

4 — Porte-mine en or.

5 — Trois montres Louis XV, à boîtiers en argent repoussé, à figures.

6 — Deux montres Louis XVI, en cuivre émaillé à sujets de deux figures avec entourages de jargons et stras.

7 — Six boîtiers de montres : trois Louis XV, en cuivre doré, deux décorés au vernis et un en cuivre gravé et doré entouré de pierres fausses.

8 — Quatre cachets-breloques, dont trois en cuivre doré et un en buis.

9 — Deux pièces : boîte Louis XV, en cuivre repoussé et caillou d'Égypte et étui en nacre garni de cuivre doré.

10 — Quatre petites boîtes en émail de Saxe, décorées de figures et de fleurs.

11 — Quatre pièces en argent : un fermoir d'escarcelle, deux boucles avec chaînettes et un collier en filigrane et perles.

12 — Six boutons en argent repoussé.

13 — Sept petits couteaux à dessert à manches argentés.

14 — Douze couteaux à dessert à manches argentés.

15 — Deux pièces : étui en tresse et étui en galuchat renfermant un petit couvert à manche en ambre, garnitures en argent.

16 — Deux couteaux : l'un à manche d'argent dans un étui en galuchat, l'autre de travail oriental à manche en bois et lame damasquinée.

17 — Deux couteaux à manches formés de figurines en ivoire.

18 — Médaillon rond en plomb du xvie siècle et quatre médaillons en bronze et en cuivre.

19 — Huit pièces ornements d'applique pour meubles et pendules de diverses époques.

20 — Trois tabatières rondes en bois laqué et en buis.

21 — Sept médaillons : quatre ronds et trois ovales, sujets en argent estampé, nacre et miniatures, portraits d'enfant de profil et de femme.

22 — Trois éventails à monture en ivoire.

23 — Deux miniatures rondes, sujets champêtres de trois figures.

24 — Deux pièces : peinture sur verre, allégorie de la Peinture, et miniature à l'huile sur albâtre, sujet religieux, de forme ovale.

25 — Cinq pièces : quatre médaillons en vernis de Brunswick et une petite peinture.

26 — Deux pièces : miniature à l'huile dans une boîte ronde et médaillon ovale : l'Espérance.

27 — Trois médaillons encadrés et un bénitier en faïence hollandaise.

28 — Petit triptyque gréco-russe, en cuivre émaillé.

29 — Médaillon ovale en marbre : Tête d'homme.

3o — Plaque en galvano argenté : Pieta.

31 — Lot de dessus de boîtes, de boutons et de jetons en nacre sculptée et gravée.

32 — Lot de camées coquilles.

33 — Sept pièces : un crucifix en cuivre, trois clefs anciennes, un cachet, un petit cadenas et une châtelaine en acier.

34 — Quatre pièces : médaille en argent renfermant un petit jeu, un médaillon ovale en argent, portrait d'homme, médaillon et un cœur en émail.

35 — Trois pièces : médaillon en biscuit, médaillon en ivoire et un pion sculpté.

36 — Deux petites pièces d'étagère en argent, une lanterne et une horloge à gaine.

37 — Dix pièces appliques et ornements en cuivre et en plomb.

38 — Trois petites appliques porte-montres en bronze à figurines.

39 — Trousse en cuir gravé, du XVIIIe siècle, contenant des émaux et deux instruments en fer.

40 — Cinq netzkés ou boutons japonais en ivoire.

41 — Lot de pierres dures et de pions en ambre.

42 — Grand éventail : feuille en satin décorée d'oiseaux, monture en bois garnie de glands de soie.

43 — Lot de bijoux faux : épingles, bracelets, chaîne, etc.

44 — Trois épingles de coiffure stras et pendants d'oreilles.

45 — Boîte ovale en bronze du Tonkin.

46 — Boussole carrée en cuivre gravé du XVIIe siècle.

47 — Réveil, de Detouche, à Paris, en cuivre, de forme octogone.

48 — Aumônière en velours avec monture et sonnette en argent. XVIIIe siècle.

49 — Miniature ovale : portrait de femme, en costume de la fin du XVIIIe siècle.

50 — Feuille d'éventail peinte à la gouache, représentant un sujet pastoral ; monture nacre incomplète, avec applique en or.

51 — Miniature ovale sur ivoire : portrait de femme, en robe bleue, vue en buste.

52 — Miniature sur vélin : portrait de Anne, duchesse de Nemours. Riche costume du XVIe siècle.

53 — Miniature sur vélin : portrait de femme en costume du XVIe siècle.

54 — Trois pièces : miniature (portrait d'homme) et deux petites peintures à l'huile.

55 — Chiffres et ornements Louis XVI en ivoire découpé, placés entre deux verres bleus.

56 — Encrier et poudrière en maroquin doré au petit fer. xviie siècle.

57 — Miniature ovale sur ivoire : portrait de jeune femme, coiffure montante, robe blanche décolletée. Époque Louis XV.

58 — Flacon oriental en argent repoussé.

59 — Étui à aiguilles et broche à buste de bacchante, en ivoire.

60 — Deux pendants d'oreilles stras, montés en argent.

61 — Trois grosses bagues, argent.

62 — Grosse bague, argent doré, avec pierre intaillée.

63 — Une broche en or, à fleurs et feuillages ciselés.

64 — Quatre pièces : flacon, croix, bouton et porte-bouquet.

65 — Petit émail circulaire : sujet mythologique.

66 — Broche en or, avec fleurs en roses.

67 — Bague or, montée d'une rose.

68 — Boutons de chemise en or et épingles de cravate.

ARMES ET FERS

69 — Grande carabine à système à bascule.

70 — Huit manches de couteaux japonais.

71 — Quatre gardes japonaises.

72 — Sabre japonais.

73 — Pommeau de couteau du xvie siècle, en fer damasquiné d'or.

ARMES CHINOISES

74 — Deux longs fers de lances à lames droites, avec monture en cuivre à têtes de dragons.

75 — Deux fers de lances à lames flamboyantes.

76 — Deux autres fers de lances à pointes quadrangulaires flamboyantes, garnies de quillons recourbés.

77 — Deux fers de lances à pointe quadrangulaire droite.

78 — Deux fers de lances à lames plates, garnies de deux crocs.

79 — Deux fers de lances, garnis de deux ailerons en forme de croissants.

80 — Deux autres fers de lances, garnis d'un seul aileron.

81 — Deux fers de lances, terminés par une large lame en forme de croissant.

82 — Quatre petits bronzes : le Chien qui se gratte, une statuette, un buste, un encrier.

83 — Vase, forme calice, à ornements en réserve sur fond d'émail noir. Travail indien.

84 — Deux mortiers anciens en bronze.

85 — Deux lots de petits bronzes, ornements, etc.

86 — Ostensoir en cuivre.

87 — Statuette de l'Écorché, en bronze, à patine brune du XVIIe siècle.

88 — Deux pièces : petites réductions de la colonne Vendôme et de l'obélisque de Louqsor, en bronze.

89 — Bassin persan en cuivre gravé, du XVIe siècle.

PORCELAINES ET FAIENCES

90 — Grand plat à reptiles, en terre émaillée, de la suite de Palissy.

91 — Bouteille octogonale en Nevers, décor dans le goût chinois.

92 — Quatre assiettes en porcelaine de Chine.

93 — Quatre plats à décor en bleu.

94 — Trois coupes en faïence, deux à décor polychrome, l'autre décorée en bleu.

95 — Amphore de style étrusque, en terre peinte; anses torsades.

96 — Deux cruches en terre vernissée.

97 — Pot cylindrique à couvercle, Strasbourg, décor à fleurs.

98 — Théière en ancienne porcelaine de Chine, décorée de scènes familières.

99 — Coupe à deux anses, vieux blanc de Chine.

100 — Soupière en terre de pipe, encrier et deux assiettes à décor bleu.

101 — Deux gobelets terre brune, une tasse Satzuma.

102 — Plaque faïence de Castelli, représentant un saint.

103 — Un porte-huilier et un vide-poche syrène, terre vernissée.

104 — Huit carreaux faïence à reflets cuivreux.

105 — Tasse droite et soucoupe, porcelaine tendre, fond gros bleu et médaillon à sujets maritimes.

106 — Deux jardinières, vieux Rouen polychrome, oiseaux et fleurs.

107 — Lot de tasses et de couvercles.

108 — Bol porcelaine du Japon, décor bleu.

109 — Gourde à deux renflements, blanc de Chine à ornements gravés.

110 — Plat vieux Chine, à armoirie.

111 — Huit assiettes Japon, décor bleu.

112 — Douze assiettes variées, Rouen et Nevers.

113 — Douze plats ronds, faïence hollandaise.

114 — Douze assiettes, même faïence.

115 — Sous ce numéro, environ cent cinquante pièces : plats, assiettes, compotiers, huiliers, salières, encriers, pots, etc., en faïence ancienne des fabriques de Rouen, Strasbourg, Nevers et autres; le tout arrivant de province.

SCULPTURES

116 — Bas-relief ovale, en marbre blanc : Joseph et Putiphar.

117 — Statuette en ivoire : Cérès debout.

118 — Figure de moine en cire, avec robe en étoffe.

119 — Statuette de femme portant un enfant; bois sculpté dans le style du xvie siècle.

120 — Groupe de Laocoon en serpentine.

OBJETS VARIÉS

121 — Trois coffrets, dont deux en laque et burgau et un en bois marqueté.

122 — Petite pendule allemande en palissandre.

123 — Chronomètre de John Poole, dans sa boîte en acajou.

124 — Jardinière oblongue en cuivre émaillé, genre chinois.

125 — Bloc en cristal de roche et petite coupe gravée.

126 — Deux cachets en agate.

127 — Curiosités, bijoux, bronzes, tableaux, groupes en bois sculpté, gravures, objets divers arrivant de province.

TAPISSERIES

128 — Portière en tapisserie de Flandre, représentant des grands arbres et un fond de paysage, bordure de fleurs.

129 — Panneau de tapisserie verdure, représentant un castel sur une élévation, avec grands arbres au premier plan.

130 — Lot de morceaux de tapisserie ancienne et de bordures.

131 — Petit panneau de tapisserie de Flandre à sujet biblique.

www.ingramcontent.com/pod-product-compliance
Lightning Source LLC
LaVergne TN
LVHW050231180726
843501LV00013BB/3756